Enid Blyton

LE CLUB DES CINQ
JUNIOR

UN APRÈS-MIDI
BIEN TRANQUILLE...

L'édition originale de cet ouvrage a paru en langue anglaise
chez Hodder & Stoughton, Londres, sous le titre :
The Famous Five - A Lazy Afternoon.

© Hachette Livre, 2017 pour la présente édition.

Traduction : Rosalind Elland-Goldsmith.
Illustrations : Jamie Littler.
Conception graphique : Audrey Thierry.

Hachette Livre, 58, rue Jean-Bleuzen, 92178 Vanves Cedex.

LE CLUB DES CINQ

JUNIOR

François, Claude, Mick et Annie sont
inséparables. Avec leur chien Dagobert,
ils forment le Club des Cinq Junior !
À force de passer tout leur temps
ensemble, ils se retrouvent parfois
dans de drôles de situations...
Mais grâce à l'audace de Claude,
le garçon manqué de la bande,
à la détermination de François,
à l'intelligence de Mick et à la bravoure
d'Annie, le Club des Cinq Junior
parvient à démêler tous
les mystères !

CHAPITRE UN

– **C**omme il fait chaud !
soupire François en s'éventant
avec une feuille. Qu'est-ce
qu'on va faire, cet après-midi ?

– Rien, répond Mick,
catégorique. Sinon
je vais fondre ! Même pour
se baigner, il fait trop chaud…

– Si on passait un après-midi tranquille, pour une fois ? suggère Claude. Le premier qui propose une promenade à pied ou à vélo, je lui hurle dessus !

– *Ouaf !* aboit Dagobert.

– Je crois qu'il suggère une balade, Claude... traduit Annie en riant. Alors, tu hurles ?

– Même pour hurler,
il fait trop chaud… réplique
sa cousine. Si on trouvait
un endroit ombragé, histoire
de bouquiner tranquillement
ou de faire la sieste
en attendant l'heure
du goûter ?

– *Ouaf…* répète Dago,
déçu.

– Oui, dans la forêt !
approuve François.
Nous serons bien à l'ombre
grâce aux arbres et
le bruit du ruisseau
est très rafraîchissant.

– D'accord, répond Mick.
Je dois avoir encore juste
assez de forces pour me
traîner jusque là-bas…

La petite bande se met
en chemin. Dagobert, en tête,
gambade gaiement.

– J'ai chaud rien qu'en
le regardant ! se plaint Mick.
Et en l'entendant haleter…
Rentre un peu ta langue,
Dago !

CHAPITRE DEUX

Dagobert court
de plus belle, ravi de cette
promenade qui débute.
Mais quelle déception quand
il voit ses jeunes maîtres
s'allonger sur le sol,
à l'ombre d'arbres
et de buissons feuillus !

Le chien les observe
d'un air atterré.

– Désolée, Dag, s'excuse
Claude. Pas de balade
aujourd'hui. Et s'il te plaît,
pas de chasse aux lapins !

– Ce serait une perte de
temps, fait observer Mick.
Par cette chaleur, les lapins
vont rester au frais dans leur
terrier. Ils attendront le soir
pour sortir, quand il fera
plus frais.

– *Ouaf !* proteste le chien,
plus contrarié que jamais.

Les enfants s'installent
confortablement par terre.
Ils sont si bien protégés
du soleil par les branchages
qu'on ne les distingue
presque plus !

– Parfait ! se réjouit
Claude. On ne pourrait
pas être plus au frais…
Et le glouglou du ruisseau,
c'est agréable, non ? Je crois
que je vais m'endormir…
Attention, Dag, si tu oses
me réveiller, je te renvoie
à la maison !

Le chien observe le petit groupe, la queue basse. À quoi bon venir dans la forêt si c'est pour rester allongé dans l'herbe ? Dans ces conditions, pas question de renoncer à la chasse aux lapins !

Le chien fait volte-face et
disparaît parmi les buissons.

   Claude a juste le temps
de le voir s'éloigner.
Elle soupire :

   – Qu'il aille chasser
ses chers lapins puisqu'il
y tient tellement… Moi,
je vais profiter de cet après-
midi bien tranquille…

   – Chut ! rouspète Mick.

   Sa cousine lui donne
un coup de pied.

   – Oh… bâille-t-elle.
Comme j'ai sommeil !

CHAPITRE TROIS

Quelques minutes plus tard seulement, la petite bande d'amis dort à poings fermés sous les arbres.

Rien ne peut les déranger, tout est très calme.

   Annie ne sent même
pas qu'une coccinelle
se promène sur sa jambe.
Mick ne remarque pas
qu'un rouge-gorge sautille
sur une branche au-dessus
de lui.

Les environs sont déserts.
On n'entend pas un bruit,
hormis l'eau du ruisseau et
le chant d'un pinson jaune.

C'est alors qu'un vrombissement de moto retentit, un peu plus loin, sur la route. Mais les quatre enfants dorment si profondément qu'ils n'entendent rien.

Ils n'entendent pas non plus
le deux-roues ralentir pour
prendre un virage menant
à la forêt, puis emprunter
le sentier cahoteux serpentant
entre les arbres.

La moto avance si lentement à présent que son moteur ronfle à peine. Elle s'approche du buisson à l'ombre duquel les enfants se sont endormis.

Soudain, l'engin vrombit,
et François se réveille
en sursaut.

Il tend l'oreille. De nouveau,
le silence règne car la moto
et son side-car se sont arrêtés.

L'aîné des Cinq referme les yeux. Mais il les rouvre aussitôt car des voix lui parviennent… Des voix graves. Il y a des gens, tout près ! Mais où, exactement ?

« Pourvu qu'ils ne nous dérangent pas », pense le garçon.

Il écarte légèrement les branches d'un buisson pour espionner de l'autre côté…

CHAPITRE QUATRE

Quelques mètres plus loin, François aperçoit la moto et deux hommes, dont un qui sort du side-car. Ils n'ont pas l'air commode…

« Que font-ils ici, en plein après-midi et par une telle

chaleur ? » se demande
le garçon.

D'abord, les deux hommes
discutent à voix basse,
puis le ton monte :

– Puisque je te dis qu'on
nous a suivis ! s'agace
le premier. Venir dans
ce bois était ce qu'il y avait
de mieux à faire ! Il suffit
d'y laisser le sac…

Pendant que l'autre continue
de grommeler, il sort
une besace du side-car.

– Fais-moi confiance, insiste le premier. Personne ne saura que c'est ici. Tu veux nous faire prendre, ou quoi ?

Je te le répète : je suis *certain* qu'on nous a suivis ! On le serait encore si on n'avait pas brûlé le feu rouge.

François décide de réveiller ses compagnons.

– Il se passe quelque chose d'étrange… leur souffle-t-il.

Bientôt, tous les quatre épient
les deux inconnus à travers
les feuilles du buisson.

Ils aperçoivent le sac en toile sur le sol, près de la moto.

– Je me demande ce qu'ils comptent en faire… chuchote Claude. Si on leur sautait dessus ?

– Trop dangereux, sans Dagobert… réplique François. Il est parti chasser des lapins !

– Et on ne ferait pas le poids face à ces types, ajoute Mick. Mieux vaut ne pas se montrer. Contentons-nous de les espionner.

CHAPITRE CINQ

– **P**ourvu qu'on voie
où ils cachent leur butin,
dit Annie en les suivant
du regard. Tiens, justement !
Ils ramassent le sac…

– Regardez ! s'écrie Mick,
oubliant de chuchoter.
Ils grimpent à un arbre !

– Oui, confirme François. L'un d'eux est sur une branche et l'autre lui passe la besace... À tous les coups, le tronc est vide ! Oh, si seulement Dag était là...

– Tiens, le second
bonhomme essaie de grimper,
lui aussi… poursuit Claude.
Visiblement son complice
a besoin d'aide. Le sac doit
être coincé !

Les bandits sont maintenant
dans l'arbre tous les deux.
Ils tentent d'enfoncer
le sac à l'intérieur du tronc.
Enfin, un « *boum* » retentit :
le sac est tombé au fond
du creux.

– C'est rageant de devoir
rester cachés, sans pouvoir
agir ! se désole François.

Un bruit leur parvient
alors : celui d'un animal
qui arrive à toutes pattes.

– *Ouaf !*

– Dagobert ! s'écrient
en même temps François
et Claude.

Sans attendre, l'aîné des
Cinq sort de leur cachette.

– Claude ! appelle-t-il.
Ordonne à ton chien de
se poster au pied de l'arbre !

CHAPITRE SIX

– **F**once, Dago ! lance
Claude.

Le chien se précipite
au pied de l'arbre. Les deux
hommes le fixent avec effroi.

L'un d'eux tente de glisser
le long du tronc pour sauter
à terre, mais Dagobert pousse
un grognement si terrifiant
que le bandit a vite fait
de se raviser.

– Rappelez votre molosse !
crie-t-il aux enfants.

– Expliquez-nous d'abord
ce que vous trafiquez ! riposte
François. Que contient
le sac que vous avez caché
dans le tronc ?

– Quel sac ?! De quoi
tu parles ? rétorque le bandit.
Rappelle ton chien ou
je vous dénonce à la police !

– Mais bien sûr ! s'amuse
François. C'est plutôt nous,
qui allons vous dénoncer !
Ne bougez pas, le temps
qu'on aille prévenir la police.
Et je vous avertis : si vous tentez
de descendre, vous aurez
de gros ennuis. Vous n'imaginez
pas à quel point les crocs
de notre chien sont pointus !

Les deux inconnus restent
muets de colère. Dagobert aboie
de toutes ses forces et saute
sans arrêt, dans l'espoir
de mordre leurs mollets.

François se tourne
vers ses compagnons.

– Arrêtez une voiture
sur la route et demandez
au conducteur de vous
emmener au commissariat
le plus proche. Une fois sur
place, expliquez aux policiers
qu'on a besoin d'eux. Vite !

Mais avant que
les enfants aient pu réagir,
un ronflement de moto
se fait entendre… puis
un autre. Les vrombissements
se rapprochent. François
retient son souffle.
Seraient-ce d'autres bandits ?
Heureusement que Dagobert
est là... Les Cinq n'ont
qu'une chose à faire :
retourner se cacher et
surveiller les nouveaux
arrivants.

CHAPITRE SEPT

– Ce sont des policiers !
s'écrie Mick en reconnaissant
leur uniforme. Ceux qui
suivaient les voleurs, sans
doute ! Quelqu'un a dû leur
signaler qu'ils avaient pris
le virage menant à la forêt...
Par ici, messieurs !

On peut vous aider !

Les agents s'arrêtent, stupéfaits. Ils aperçoivent la moto et le side-car.

– Dites ! lance l'un d'eux aux enfants. Vous n'auriez pas vu deux hommes avec une besace ?

– Si ! répond François
en s'avançant. Le sac est
au fond de ce tronc, et notre
chien surveille attentivement
les bandits… Ils sont là-haut,
dans cet arbre ! Vous arrivez
juste au bon moment !

– Bravo ! réagit l'un
des agents dès qu'il voit
les voleurs.

– Merci d'avoir fait notre
travail ! renchérit l'autre.
Nos collègues patientent
sur la route… On devait
les alerter en cas d'indice.

Il lève le regard
vers les deux hommes.
– Alors, Jimmy et
Sam ? Vous pensiez nous avoir
semés ? À présent, vous allez nous
suivre sans faire d'histoires…
Sinon je demanderai
à ce chien de nous donner
un coup de main !

CHAPITRE HUIT

Jimmy et Sam lancent
un regard terrorisé à Dagobert.

– On va descendre,
assurent-ils.

À cet instant, trois autres
policiers arrivent en courant.

Les bandits suivent
les agents sans opposer
de résistance.

Dagobert pousse un dernier aboiement, et les Cinq regardent tout ce monde s'en aller sur le sentier cahoteux, avec les motos et le side-car.

– Eh bien ! soupire Claude. Tu parles d'un après-midi tranquille… J'ai encore plus chaud qu'avant !

– *Ouaf !* renchérit Dagobert, dont la langue pend si bas qu'elle touche presque le sol.

– Toi, tu n'avais qu'à ne pas aller chasser des lapins ! gronde sa maîtresse. C'est pour ça que tu as si chaud !

– Au contraire, proteste
Mick, s'il était resté avec nous,
il aurait aboyé et les bandits
nous auraient repérés.
Ils seraient allés cacher
leur butin ailleurs et
on n'aurait jamais vu
ce qu'ils manigançaient.

– C'est vrai, admet sa cousine
en caressant son chien.
Tout compte fait, Dag,
tu as eu raison d'aller chasser
les lapins… et de revenir
au bon moment !

– Tiens ! s'écrie Mick
en regardant sa montre.
Il est l'heure du goûter.
Eh bien ! Quel après-midi !
Je l'ai trouvé très agréable
et surtout… très tranquille !

FIN

Tu as aimé
cette aventure du

CLUB CINQ ?
DES
JUNIOR

Découvre vite ce qui t'attend
sur la page suivante !

Retrouve le Club des Cinq Junior
dans une nouvelle enquête :

Tome 2

Pour tout connaître sur ta série préférée,
va sur le site :
www.bibliotheque-verte.com

Table

PAPIER À BASE DE
FIBRES CERTIFIÉES

⊟ hachette s'engage pour
l'environnement en réduisant
l'empreinte carbone de ses livres.
Celle de cet exemplaire est de :
400g éq. CO$_2$
Rendez-vous sur
www.hachette-durable.fr

Photogravure Nord Compo - Villeneuve-d'Ascq

Imprimé en Roumanie par G. Canale & C. S.A.
Dépôt légal : mars 2017
Achevé d'imprimer : août 2017
73.0569.5/04 – ISBN 978-2-01-702078-3
Loi n° 49956 du 16 juillet 1949
sur les publications destinées à la jeunesse